KB068183

너무 싫은 나를
좋아하기 위해

요술바다에
온 걸 환영해.

저게 뭐야..?

여, 여긴 어디야!
난 분명 방안에
있었던 것 같은데?

언제부터 여기 있었던 거야..?

내가.. 난..나는...

난 누구지.

여기가 어디야.

나는 누구야.

나는..

이젠 나갈 수 있어!! 지긋지긋한 요술바다를 나갈 수 있다고!!

우리 둘이 손 꼭 붙잡고 가자!!

날 아니, 육지거북아? 난 모르겠는데.

다 까먹었으니까 당연하지! 네가 날 찾을 때까지 정말 많이 기다렸다고!!

내가 널?

웅웅!

우린 원래 하나였으니까!!

우리는 바깥 세상에선 한 몸이었어.

하지만 네가 여기, '요술바다'에 빠지자 우린 둘로 갈렸고..

너는 아이 모습으로,

난 이런 모습으로 변했지.

그러곤 넌 나에 대해.. 아니, 스스로에 대해 전부 까맣게 잊어버렸어.

하지만 네가 처음으로 기억을 했잖아! 여기가 진짜 세상이 아니라는 기억을! 그래서 내가 찾아 올 수 있었던 거야! 만세에!!

진짜 세상..

역시 요술바다는 진짜 세상이 아니구나. 그럼 우린 왜 여기 와있는 거야?

웅.. 글쎄. 내가 아는 건 여기 있는 게 전부 가짜라는 것 정도야..

물건도 모습도.

하지만 그걸로 충분하잖아? 여긴 현실이 아냐. 우리는 나가야 헤, 설탕아.

쟤들도 가짜야?

아니.. 우리처럼 이 세상에 들어온 기억 잃은 애들이야. 내 말 듣곤 있니?!

재밌어보여.

하하하!

바다거북 귀여워!

저기도 바다거북이 있어!

좀 다르게 생겼어!

오오! 신기한데!

15

아싸!!

깨트리자!

뭐하는 거야!!
우린 죽었다!
죽었다고!!

웅.
그건 싫은데.

그치.
이걸 줘 버리면
되겠다.

안돼, 날 버리지마!!
이렇게 빨리
버리지마!!

19

아악?!

이거 뭐야!

이거..!

이거 뭐지?

반짝반짝!

동글동글!

까슬까슬!

꼭 진짜 같아!!

와, 맞았다.
역시 저걸 싫어할 리 없어.
요술바다에서 만진 것 중
가장 진짜 같으니까.

어쨌든 쟤네가
넋 놓고 있을 때
빨리 도망가자!

웅.

설탕아!
뭐해뭐해!
날 놓치겠다고!

···

헤헤,
가자~!!

너 원래 이렇게 느리니,
육지거북아?

웅?

아냐아냐!
아주 쌩쌩 달리고 있잖아!

아, 모래성.

폭파.

힘들게 만든 걸
왜 부수니?

힘들게 만들었으니까.
내가 온 힘과 사랑을 담아
만든 게 아무 쓸모없고
폭삭 무너질 수 있는 쓰레기라니.

기분 좋지 않아?

설탕이가
많이 달라진 것 같다.
물론 나도 원래는 설탕이니까
내가 많이 달라졌다고 해야하는데,
아니 그러니까 난
저렇지 않았단..

심심해.

심심하고 배고파.
달콤하고 폭신하고
우유가 많이 든 거
먹고 싶어.

배고프다는 느낌두
다 가짜야!
빨리 가자!

!

육지거북이?
그게 뭐야?

그런 것 보다
혹시 배고프지 않니?

배고픈 친구
손 들어보세요, 호~!

와아!!
나요!

아, 나두.
나두 배고파.

설탕아~!

우리는 맛있는 쨈 만들기를
할 거란다, 어때!
거북이 뒤를 따라가는 것보다
훨얼씬 재밌을 것 같지 않니?!

맛있는 쨈도
먹고 말야!

웅.
나도 할래요.

설탕아!
우, 우린 여길
나가야지!!

호!

'빵빵배'에 탄 걸 환영해요, 꼬마 선원!

초코빵이 맛있어. 먹어!

와, 빵. 너무 배고팠어.

왜? 요술바다에서는..

배고프면 빵과자가 뿅 나오고

심심하면 장난감이 뿅 나오고

졸리면 귀엽고 예쁜 침대가 뿅 나오잖아.

바로 요술바다를 만들어준 요술사 마론 덕분이야!

마론?

여기서 일어나는 모든 일은 마론의 요술이야!

마론은 요술쟁이면서도 너무 착해!

마론이 인정한 A급 요술사!

A

하지만 나한테는 아무 요술도 없었는데.

그건 그 거북이가 옆에 있어서 그런 것 같구나.

거북이가 요술바다를 나가자고 부추기고 있었지?

그런 게 있으니 바다가 행복한 요술을 주겠니?

요술바다는 자라지 않는 아이들의 낙원인데 말야!

영원히 행복한 게 뭐가 나쁠까? 그치, 꼬마선원?

난 재밌는 게 좋아요.

호! 재미라고 했으니,

산호 숲에서 하트 열매를 모아 올 사람~!!

와아!!

바구니에 한가득 담아오면 쨈쨈아저씨가 쨈을 만들어주지~.

어어, 해파리가
가까이 날고 있어요.
무서워.

자자, 해파리는
아이들을 해치지 않아요.
그러고 보니
다 온 것 같구나!

산호숲이란다!

와아!
숲속 여행이야!

..!

와!!
용기사공주다!

산호숲에
용기사공주가
숨어 있다더니
진짜다!

너무 예뻐요!

너무 멋져요!

우리랑 놀아요!

난 놀이 같은 것
하지 않아.

용기사공주님,
가지마요!

우리랑
놀아요!

치!
용기사공주는 너무
까칠한 환상친구야!

환상친구?

우리랑 놀아주는 어른들! 장난감 하나 가지고 다니면서 요술도 쪼끔 할 수 있고 재밌게 생겼어!

요술바다에서 놀다보면 가끔 만나.

그러면 쨈쨈 아저씨두 환상친구야?

당연하지! 그리고 환상친구는 그렇게 우리랑 놀아줘야하는 것도 당연하단 말야, 치!

하지만 용기사공주님은 너무 까칠해서 너무 멋져!

하트열매는 어디있지? 용기사공주도 만났는데 아직도 안나왔잖아. 심심해졌어.

숲에 방금 들어왔는데...

모두들 눈을 감자!

그리고 꼭 생각하자!

하트열매가 열리게 해주세요!

당장요!

하트열매 보여주세요. 심심해요.

심심해요..

역시 요술바다에선 뭐든지 이루어져!

행복해!

와아, 따뜻해. 느낌 좋아! 하트하트해!

하트하트?

쩌억

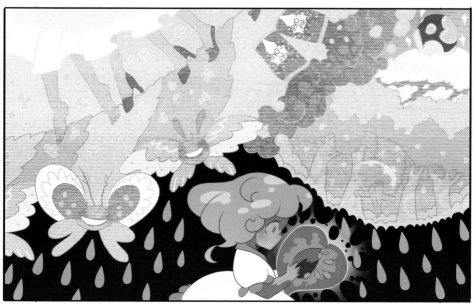

이거..

이 안에
들어있는 건..

내 기억.
바깥에서의 기억.

행복한 기억.

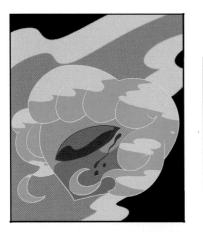

행복한 추억,
사랑의 기억.

너무 달콤해.
너무 쓰디써.

행복, 기억, 사랑, 추억
모두 모아 냄비에
넣어요~.

달디달 때 따끈히 녹여요.
쓰디쓰고 차디차게
변하기 전에..

냠냠 먹어서 모두 잊어요.
모두 잊어요.

현실은
잊어요.

36

와, 정말 느낌이 하트하트하다!

누가 보여! 누굴 보여주는 거지?

누군지 몰라도..

정말 역겹고 싫은 사람. 없애버리고 싶어.

가자!

쨈쨈아저씨 한테 가서 쨈 만들어달라고 해야지!

맛있을 거야!

왜 그래?

빨리 가서 빵먹고
놀자!

우리랑
놀기 싫은 거야?

맞다.

그 애는 더이상
너희와 놀지 않아.

?

네 이름이
설탕 맞나?

그래서그래서!!
내가 설탕이 너를 찾으려고
산호숲에 들어가려는데!

입구에서 이 사람을
만났지 뭐야!

웅..

고마워요!!
하지만 이젠
내려주세요.

왜지.

어.. 스스로 걷지
못하는 아이는 치사하고
바보같으니까..?

도움을 받는 건
부끄러운 일이 아니다.
나의 도움은 더욱.

저기.
용기사공주님.
이대로 요술바다를
나가는 건가요?

그래.

왜요? 나를 아나요?
거북이를 아나요?
아이들이랑 있을 때는
그냥 갔잖아요.

그 아이들에겐 길잡이가 없었으니까.

길잡이?

잃어버린 반쪽. 이 가짜 세계를 빠져나갈 길을 밝혀주지. 네가 바로 길잡이다.

웅?

기억을 잃어버린 아이에겐 길잡이가 돌아오지 않는다. 그리고 기억이 돌아오는 아이는 너무나 드물어.

너는 이 끔찍한 세계를 나갈 수 있는 아주 운이 좋은 존재다.

해파리가 있어.

오! 진짜진짜!

예뻐. 아무 생각 없어 보이는 게 편해보여.

바다에 속지마라. 이곳은 삶과 죽음의 경계니까.

왜 모두 아이가
되어 버렸을까?
왜 아무런 기억이 없을까?
왜 항상 행복하고 따뜻하고
배 부른 요술들이 가득할까?

현실과 고통을
잊기 위해.

가,가,가짜 세계..!
모든 게 가짜인
이유가..!

하지만 쨈아저씨는
마론이라는 요술쟁이가
이 바다를 만들었다고 했어요.

그래. 그래서
뭐가 달라지지?

마론은 죽어가는 이를 위해
망각과 거짓의 꿈을 만든 거다.

43

한때는 나에게도
길잡이가 있었다.
함께 바다를
나갈 수 있었어.

그러나
끝나지 않는 여행과
바다의 진실에
좌절했어.
포기한 것이다.

그러자..

내 길잡이는 장난감으로
모습이 바뀌었고 나 또한
지금의 모습, 환상친구로
바뀌고 말았다..

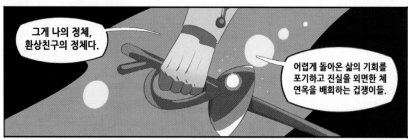

그게 나의 정체,
환상친구의 정체다.

어렵게 돌아온 삶의 기회를
포기하고 진실을 외면한 체
연옥을 배회하는 겁쟁이들.

하지만 설탕,
넌 나처럼 되지 않는다.

내가 이곳을 나가게
해주겠다.

내가 진짜로는
죽고 있다는거요.
하나 물어봐도 돼요?

내가 어떻게 죽고있어요?
세균이 온몸에 올랐나요?
버스에 뿌직 깔렸나요?
눈코입이 없어질 때 까지
쿵쿵 떨어졌나요?

뭐어?!

알려줘요.
몸 여기저기가
박살나는 상상을 하면
즐겁지 않아요?

설탕인 이런 애가
아니란 말야!
난 이런 애가
아니란 말야!!

바다를
나가는 일에만
집중해라.

웅.. 말 해줘요.

난 싫어!!

그치만 이곳이 얼마나
끔찍한 곳인지 알았어!
빨리 나가고 싶은 마음만..

호!!

호~!
여기야!

용기사공주!

순진한 아이를
꼬드겨 위험한 길을
부추기고 있었나?!

45

너하곤 상관없는 일이다, 쩸쩸. 설탕은 바다를 나갈 것이고 난 그를 돕는 것 뿐이다.

거만한 말투 집어쳐!!

전부터 네놈이 맘에 안들었지, 여자도 남자도 아닌 변태놈이 사람을 무시하면서 내려보고!

너같은 놈이 요술바다에서 행복하게 지낼 수 있는 애를 꼬드겨?!

탈출에 성공하는 아이는 없어!! 전부 우리같이 되어 버린다고! 아니, 그렇게 된다면 다행이지!

해파리!! 저 해파리가 될 수도 있단 말이다!!

현실도 망각도 포기한 존재, 죽지도 못하며 영원히 바다를 부유하는 영혼의 껍데기..

46

와, 해파리 이뻐.

만지고 싶다.

설탕은 해파리가 되지 않는다.

우리 일은 우리가 알아서 한다. 신경 끄도록.

아니! 그럴 수 없어!! 나가면 안돼요, 꼬마친구!

이곳의 진실을 알게 된다면 절대 나가고 싶지 않을 게야!

그리고 너, 거짓말쟁이놈아! 결투를 신청한다!!

그 아이를 놔줘!

와~ 요술 결투다!

재밌겠다!

그게
네 결심이라면.

그러지 않아도 돼요,
용기사공주!!

용기사공주가 말해줬어요!
여긴 삶과 죽음의 경계라고!
이런 곳에 있고 싶겠어요?
아저씨 말은 하나도
안 들을 거야!!

삶과..죽음의
경계.

하하하하하.
그렇지, 그렇게 말해야
말을 들었겠지, 하하하!

근데 아이야,
궁금하지 않니?
뭐가 널
죽였는지?

!

바로 너란다.

자살자의 연옥,
요술 바다에 온 걸
환영한다.

48

내가..
내가 날
죽였다니..

내가..
내가 날
죽였다니..

말도 안돼, 난..
난 그런 짓 할 애가 아냐.
그런 무섭고 슬픈 일!

왜냐면.. 난!

말이 되네.
나라면 그런 걸 했을거야.
그런 통쾌한 일.

왜냐면.. 난.

나를 그렇게
싫어할 순
없단 말이야..

아까부터 내가 싫어서
견딜 수가 없었거든.

뭐래?

몰라.
잊어버렸어.

빨리 결투해요!

흥! 가장
알기 싫은 진실은
빼놓고 꼬드겼군!

자기가 자신을 져버렸다는
가장 한심스러운 진실을!!

이곳은 그런 현실을
잊고 행복할 수 있는
유일한 요술이라고!!

실패자인 자기 처지가
부끄러웠겠지, 그렇지!?

그래서
아무것도 모르고
행복할 수 있는 애를 이용해
대리만족하려는 거지!

용기사공주!!

51

난 너하고 달라! 이곳에 오기 전에도 아이들의 행복만을 바랬단 말이다! 그걸 위해 살고 일하고 눈물 흘리다가..!

그 애들에게 버림받고 내 자신이 역겨워질 때까지!

한심한 늙은이. 작은 공장도 자기 가족도 지키지 못했으면서 아이들의 행복은 무슨.

요술바다의 모두가 똑같아. 그러니 말이야..

현실이 얼마나 괴로운 세상인지 알려주는 고통을 주느니 망각에서 행복하는 게 나아!

말이 틀렸군.

가장 끔찍한 진실을 숨긴 것이 아니다.

설탕이 혼란해 하지 않을 방법으로 대답해주기 위해 시간을 두고 있었을 뿐.

하지만..

내가 부끄러운 실패자인 것은 부정하지 않겠다. 겁쟁이, 자기가 누군지 모르는 괴물..

그래. 난 설탕이 나와 너처럼 겁쟁이로 바다에 남는 것을 원치 않아.

설탕은 이 바다를 나가 다시 살아갈 것이다. 내가 그것을 돕겠다.

온몸이 물거품이 되더라도!

그만 가자, 설탕.
쨈과는 더이상
볼 일이 없다.

웅.

아니야!!
도망치지마!!

결투는 내가 이겼다.
본격적으로 칼을 내리쳤다면
네 머리가 두동강 났을 거라는 걸
모르는 건가?

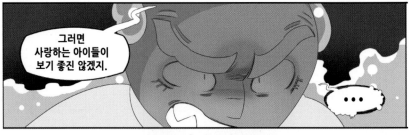

그러면
사랑하는 아이들이
보기 좋진 않겠지.

···

이 변태놈!!

!!

결투는 끝났다.

웅, 쨈 아저씨.
아저씨가 졌어요.
안녕.

으으으아!!

왜!! 바다는
완벽한 행복의 장소인데!!

저 아이를 구하는 것도,
저 변태에게서 이기는 것도
할 수 없는 거냐!!

한심하다!!
이곳에서도 한심해!!
이젠 싫다!!

현실도 망각도
이젠 전부 싫다고!
모든 걸 포기하고 싶어!

!

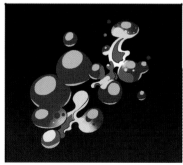

우와.
저기 봐.

해파리들이
왔어.

?!!

아냐, 아냐!!

포기하고 싶다고
말한 건 그냥..!!

안돼!!

왜 저러죠?

현실도 망각도
포기했기 때문에 저이는
더이상 저 모습으로도
있을 수 없어.

56

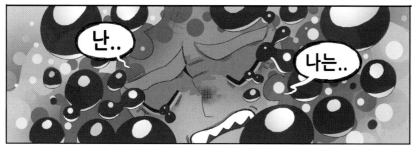

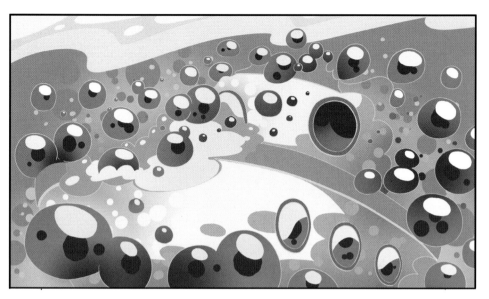

호~!

배가 없어졌네!

뭐가 없어져?

뭐?

몰라!

그럼 가서 놀자!

해파리가 많네!

쨈아저씨는 내가
해파리가 될 수 있댔어요.

그럴 일 없다, 설탕.
내가 널 지킨다.

그런가요?

여기가 너무 싫어.
게다가 설탕이가
그런 짓을 할 리 없어.

내가 아는 설탕이는..

이곳을
떠나자.

내가 죽어가는 꼴을
보고싶다. 분명
옆에 아무도 없겠지?

그래, 그럴거야.

정말 고소하겠다.
그치, 육지거북아?

· · ·

설탕아, 기억해.
넌 그런 말을 하는 아이가..

응, 기억은 쪼끔씩
돌아 오고 있어.

하나같이 형편없더라.
난 정말 기분 나쁜
아이였던데.

하나뿐인 인생을
그렇게 망치며 살다가 죽다니,
정말 웃겨.
그치,육지거북아?

아냐! 아냐!!

하지만 어쨌든
바다에선 나갈 거야.
여기서 놀아봤자
다 가짜라서 재미없어.
그쵸?

・・・

네가 이곳을 나갈
마음만 가진다면.

우우웅...

!

바다 색깔이
달라졌어요.

그렇구나.
자리 좀 비워주겠나.
빨리 달리고 싶다.

왜요?

내가 이 지역을
싫어한다.

!

와! 쌩쌩!!

웅!

저기 예쁜 동산 위에
아이들이 잔뜩 있어요.

재밌겠다.

우리완 상관 없다.
신경쓰지 마라.

어라라~

용기사공주!

산호숲에 쳐박혀 북어가 된 줄 알았는데?

무슨 바람이 들어 기어 나왔냐?

.. 별마법사.

너완 상관 없다.

별마법사!

'생일아님 축하파티' 초대 받았어요?

그럼그럼! 유명한 환상친구들은 죄다 모이는 파티니까!

우와~!

파티?

파티!

너도 와, 용기사공주. 네가 '걔'한테 쩔쩔 매는 꼴을 보여주면 아주 웃긴 파티가 될텐데?

'걔'라니..! 난 그저..!

지나가는 길이다..!

63

안녕.
누구예요?

이 구역의 환상친구,
작은 진주야.
용기사공주와 나는..

달콤끈적
뽀얀 빛깔..

운명의
달링 ♡

헛소리.
설탕을 내려놔라.
이곳을 지나가는 길이다.

하하하!
달링도 참!

달링 덕분에 파티의
마무리가 막 생각났는데!

아얏!

육지거북아..

달링이 꼼짝 못하게
거북이를 데려가야 겠다.
파티가 끝나면 돌려줄께!

설탕아!!
용기사공주님!!

내려놔!
결투를 신청하겠다!

하하하하하,
진심이야?
겨얼투우?
비장하네!

그런 건 상대가 허락
안하면 소용 없잖아?
결투는 없는 걸로.

너무 날세우지마, 달링!
금방 끝난다구!
그때까지만 옆에 있어줘~!

어떡해요?

할 수없다.

일단 쫓아갔다가
적당한 때
데려오는 수 밖에.

웅.

용기사공주님이랑 작은진주는 진짜로는 어떤 사이인가요?

몇번 마주쳤다. 그뿐이다.

뒤에서 기습하거나,

내 얼굴모양 케이크를 먹거나

내 머리카락으로 목도리를 만든 일도 있지만.

치한이구나.

그런 치한이 붙었다면 나는 산호가 잔뜩 난 어두컴컴한 숲에 숨어서 다신 안나올 거에요. 그초, 산호숲에서 만난 용기사 공주님?

···

달링~ 봐바!

파티를 위해 잔디밭을 잔뜩 꾸몄다구~!

가면을 집으렴!
치장을 해!

내가 아닌 누군가가
되는 거야!

웅!

작은진주,
육지거북을..

꺄아, 그래!!

생각났다!

마지막 행사말야! 준비하러 갈래!
달링은 파티를 즐겨~! 안그럼 거북이는
안 돌려줄테니까!

즈, 즐겨요..

· · ·

난 마론!
마론이 될 거야!

마론은 최고의
요술쟁이니까!

나는 꿈요정이
될래.

꿈은 바보 같잖아.
안그래?

달콤하고 이룰 수 없던
것들을 보여주고..

71

그런데 어느새 꿈은 날 배신해. 무섭고 추워. 이룰 수 없어.

당연해. 꿈이니까.

꿈을 갖는다니 정말 바보같아.

그러니까 난 바보같은 꿈요정이 될래! 넌?

난..

웅, 글쎄..

!

난 문고리목걸이! 문고리목걸이가 될 거야!!

뿌?

기억 속에서 봤어.

너무너무 슬픈 날, 학교에서 받은 이름표 목걸이와 문고리를 번갈아 봤던 걸.

정말 아프게 슬프다면.. 견딜 수 없다면 문고리와 목걸이만으로 나를 끝낼 수 있다고. 모든 걸 없앨 수 있다고.

그러니까 마음이 편해졌어. 끝나는 게 그렇게 어이없게 쉬울 수도 있다고 생각하니까.

그만 울고 일어나 과자 먹고 싶어졌어.

정말 이상하고 음침해! 기분 나빠! 넌 기분 나쁜 애야!

웅, 맞아.

하지만 그때는 그걸로 맘이 편했어.

!

맞아. 둘이 똑같네, 헤헤.

?

달링~! 어서와!

파티장을
두바퀴나 돌았다.
육지거북을 돌려줘.

어쩔 수 없네!
하지만 달링,
부탁 하나 들어줄래?

나랑 차 한잔만,
딱 한잔만 같이
하지 않을래?

그럼 거북이를
돌려줄께.

네가 주는 건
마시지 않아.

까악!!

가자,
육지거북.

..?

찻잔..!

!!

안타깝다~.
나랑 한잔만 마셨어도!

그 작은 꿈만 이뤘어도
충분히 행복해져서..

마지막 행사같은 건
시작 안했을텐데!
이젠 달링이 시작한 거야!

질문 하나 할까, 달링?
내가 왜 달링을 좋아할까?
정답은~.

달링은 내 마음을
절대 모르니까.

작은 꿈 하나가 망하고,
또 작은 꿈 하나가 망하고,
그렇게 망하고 망한 마음.

그렇게 망한 내가 아니라
얼굴부터 이름까지
전부 다른 누군가가 되고 싶은.

전혀 모르지?
모를 거야.
너무 완벽하고 고고하고
자신한테 당당해서..

그런 마음 따윈
모르고 행복할 거야.

부부는 닮는다고.
달링과 결혼한다면 나도
행복해질 것 같지 않아?

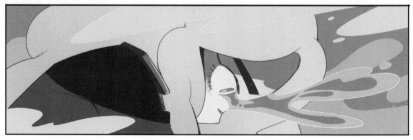

어라라!!

내 짝퉁이 와있잖아!!

저한테 말씀하시는 건가요, 별마법사님?

그래, 짭놈아! 네 컨셉은 날 베꼈다구!!

누가 바락바락 악을 쓰는 거야?

별 거 아니오. 매번 같은 입씨름이지.

글쎄요. 마법사라는 컨셉만으로 베꼈다고 말씀하시면, 당신의 정체성은 그것 밖에 없다고 인정하시는 것 아닌가요?

뭐라고!!

이름도 비슷하잖아! '물고기술사' 라니, 별마법사랑 무슨 차이야!!

차이라는 단어를 모르나 봐요.

무시하는 척 엿먹이지 마!!

흥! 결국 또 이것들 싸움으로 끝나는구만. 오늘도 시시해!

어머, 산호구름님. 마지막에 결혼식이 있다잖아요?

흐흐흐..그리고 아까 용기사공주가 온 걸 봤다고.. 지금은 안보이고 말야..

흐흥. 작은진주가 꽤 소름끼치는 짓을 했나보군. 얼마나 웃길지 구경은 해줄까.

꽃차야.

빨대입으로 마셔봐.

맛있어.

?

용용아?

웅..

뭐하는 거야?
맞추기 놀이야?

정답!

절망의 아우성!

빠져
죽는 사람!

썩어서 내장이
부푼 뱃살!

!

어디가?

여긴? ！

안쪽에 모래..

웅, 그렇다면..

설탕아!!

안녕,
육지거북.

거품감옥이네.
이것도 때려서
깨트려줄게.

앗, 안돼!

안되네.

끄앙.

용기사공주의 칼로
터트려달라고 하자!
용기사공주는 어딨어?

결혼식에 갔나 봐.
모두 거기 모였대.

결혼식?
누구의??

작은진주.
이 집 어디에서 해.
저 문으로 내려가자.

웅?

나가지
말라고?

저.. 그러고 보니
설탕아, 얜 누구야?

몰라. 착해.

그치만 여기 애들은
자기가 뭘 하는지도 모르..

!

옛날 옛날.

바깥에서 일어난
이야기랍니다.

꿈을 꾸는 배우가 있었습니다.
사랑 받는 무대라는
꿈을 가진 배우가 있었습니다.

단 한사람의 사랑으로도
무대에 오를 수 있다고
믿었습니다.
행복할 거라고 믿었습니다.

그래요.

X년동안 누군가 봐주길 바라며
XX년동안 누군가 봐주길 바라며
XXX년동안 누군가 봐주길 바라며

여러분도 보이죠?

그는 그런 작은 꿈도
이루지 못하고 짓눌려버린
바보였던 것입니다.

꿈을 끝냈습니다.
무대도 끝냈습니다.
배우는 바다에
빠져 버렸습니다.

하지만 이야기는
여기서 시작이랍니다!

85

그는 이곳에서 진짜 꿈을!

진짜 사랑을 찾았으니까요!

안녕, 여러분! 환영해요!

이렇게 많은 친구들의 축복을 받는다니!

달링과 난 행복해 죽을 지경이에요!

그럼 시작할까요?

그래.

우리도 시작하자. 남의 결혼식 망치기. 재밌겠다.

커플샷~!

오늘을 위한 아주 특별한 음료가 있으니까요!

바다의 창조자, 지배자. 요술쟁이 마론이 직접 선물 한 거랍니다!

우리의 러브스토리를 편지에 담았더니 바다에선 모두가 행복 할 수 있다면서 보내주었어요!

특제 '심장주스'!

HEART ME

어머머. 저건 진짜 마론의 주스네요.

귀찮게도 졸랐나본데..

심장을 녹이는 주스. 하지만 둘이 함께 마신다면 녹은 두 심장이 합쳐져 하나가 되지요.

영원히 서로가 묶이는 거야.

우웅. 이상한 걸 가져왔다.

저 머리 짧은 사람이 용기사공주야? 왜 그냥 당하고 있지?

스스로 생각을 못하게 만들었나봐!

시시해졌네. 결혼식 망칠 땐 칼부림이 필수인데.

어떡할까?

병이라도 깰까?

!

HEART ME

꿈의 결혼식을 위해!

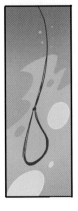

용기사공주님. 설탕이가 왔어요. 여기서 나가요.

용기사공주우? 그런 사람은 이제 없어! 그 사람은 '소드테일'이야!

내 요술로 다시 태어난 아예 다른 사람이란 말야. 넌 달링에게 더이상 아무 의미 없어.

오직 나만 의미 있지! 내게도 달링 뿐이고 말야! 내 꿈을 이루어줄 소중하고 완벽한 달링!

달링! 저 이상한 애 좀 쫓아내! 우리 결혼을 방해하고 있잖아! 응, 작은 진주.

네가 원하면.

괜찮아요, 용기사공주님. 결혼식 망칠 땐 칼부림이 최고니까요.

그럼그럼. 칼이 없으면 병이라두 깨야지!

하지만 용기사공주님. 공주님은 칼을 그렇게 호물거리고 맹하게 들지 않아요.

달링은 이제 소드테일이라니까!

질척대!

용기사공주님도 소드테일이 되서 좋나요?

당연하지! 용기사공주가 너랑 다닌 이유가 뭐라고 생각하니? 기분 나쁜 걸 잊으려고야!

바다를 나간다는 네 꼴을 보면, 영원히 여기 박혀있을 자기 처지가 실감나서 대리만족이라도 하고 싶으니까!

93

그런 짜증에서 벗어났으니. 이제 행복해야지!

응.. 나도 설탕이가 너무 싫어.

설탕이가 없어졌음 좋겠다. 다른 사람이 됐으면 좋겠다..

슬픈 걸 잊었다면 좋아요. 나랑 같이 가지 않아도 좋아요.

하지만 용기사공주님, 요술바다가 싫다고 했잖아요. 저 사람이 싫다고 했잖아요.

파렴치 변태잖아요.

맞아! 납치범, 세뇌범! 결혼 사기꾼!!

극장에선 정숙.

싫은 일을 당하려고 다른 사람 되는 거 하나도 행복하지 않아요.

그런 거 하지마요, 용기사공주님!

94

독약?!
독약이라고!!

그래, 그럼
네가 먹어!!

우왁!

!

네 말이 맞아!
같이 나눌 상대가
없다면 이건 그냥
심장을 녹이는
독약이니까!

설탕아!!

설탕아!!

딸꾹.

신부한테
등을 돌렸다!

왜 이러지.

달링!

심장이 녹았잖아요!
독약을 마시고!

둘이 같이 마시는 걸
혼자 마시니까 삔은 거야!
달링에겐 저런 일 없어!
안심해.

바다에서 나가는 걸
도와주지 않아도 된다고
설탕이가 그랬죠?

그래요, 그러세요!
용기사공주님
일도 아닌데, 뭐!

하지만 저 사람이
주는 가면을 쓰지 말아요!
설탕이는 그걸 막으려다
심장이 녹았다구요!

여기가 망각의 바다라고
싫어했잖아요!
또 망각하지 말아줘요!

모르겠어.
나는 이 아이가..

왜 나를
용기사공주님이라
부르는지 궁금해.

그 사람이
누군지 궁금해.

왜 그 사람을
생각하면
괴물처럼 기분이
나쁜지 궁금해.

그런데
왜 이 아이는
그 괴물을
찾는지 궁금해.
그렇게 생각하니..

용기사공주가
기분 나쁘지 않다는 게
궁금해.

콩닥

용기사공주!

육지거북.

지금
풀어주겠다.

꺄!

다, 달링!!

소드테일!

!

끝났다, 작은 진주.

우웅.

괜찮나? 우린 떠난다.

꼬마 가슴이 다시 나왔어!

아이의 가슴에서 새어나온 주스를 용기사공주가 마셔서 그래요.

어마마. 그럼 미역머리 아이와 용기사공주가 이어졌네요?

ㅎㅎㅎ.. 심장에서 나온 심장주스.. 찐이군..

으하핫! 잘됐구만!! 꿈의 결혼은 무슨!

역시 사기 결혼은 끝이 좋지 않구려.

끝났어.
또 끝났어.

이것도 저것도
모두.

나는 이제..

...

그래.

또 바꾸면 되는 거야!
'작은 진주'는 끝났어.

이제부터 난
'꽃색비누'이라고!

작은 진주와는
달리 꽃색비누는
영원히 행복해.

그래!

나를 버린 나는
영원히 행복하게
살았답니다.

영원히
나를 버리며.

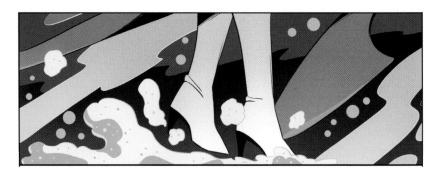

힘들어요,
용기사공주?

…

그 이상한 결혼식 때문에
기운이 다 빠졌나봐요!

웅.
얼굴이 빠져죽은
사람같아요,
용기사공주님.

코 자서 다시
햇님 같은 얼굴로
돌아와야해요.

어지러운 것 뿐이니 걱정마라.

우웅, 그치만그치만!

괴롭히는 사람도 이제 없으니까 쉬면서 가요, 우리!

현기증 때문에 발목을 잡을 순 없다.

가자.

..나는..

우우우웅!! 정말!! 고집불통 꼿꼿맨!

그렇게 아파하면서 도와주면 여길 나가도 하나도 안좋다구요!

용기사공주가 아픈 모습만 생각나고 우리가 괴롭혔다는 생각만 할 거라구요! 용기사공주 괴롭히기 싫어요! 용기사공주가 좋으니까!!

...

...

...

헉헉..흑..

110

바다는 여기가 바다!

있잖아. 너네 누구야?

우리? 누구..지?

우..으..

등..등..

..등대에 살고 있어!

파란초롱이 모두를 도와주려고 만든 등대!

다들 쉬러 가자! 환상친구도 가자!

무슨 짓이야.

거기서 밥먹고 얘기하고 힘내서 앞으로 가는 거야!

얘네 이상하네. 내가 길잡이인 걸 알아본 애들도 여기가 바다인 걸 아는 애들도 없었는데..

웅. 하지만 나쁘게 이상하지 않은 거 같아.

나는 따라가서 다같이 밥먹고 얘기하고 힘냈음 좋겠어.

잘 갔다왔냐, 모두!!
숫자는 몇번까지 셌냐!!

혀가 말렸냐!
배에 힘 주고!

몇번까지
셌는지 함성!

까먹었습니다,
대장!

대신
길잡이와 친구들을
데려왔습니다!

113

바다를 나가는 길은 조금 밖에 안 남았어!

이 앞에 있는 '배의 무덤'과 '짙은 미로'만 통과하면, 요술쟁이 마론이 상주하는 얕은 곳이 나온다고!

어떻게 알아요?

내가 나가려고 했으니까! 근데..

'배의 무덤' 앞에서 잔뜩 쫄아 버렸어.

어둠 속에서 울음소리만 반짝거리는 곳. 조금이라도 신경쓰면 그 어둠에 끌려가버리는 곳.

우리는 바로 여기서 변해버렸지만, 등대를 지었어. 길잡이와 아이들이 우리처럼 슬프고 겁먹어서 도망치지 않도록.

길잡이가 없는 아이들이 조금이라도 바깥과 자신을 기억하도록.

그런 것은 네 힘으로 만들 수 있지않나.

무슨 소리! 뭐든 손으로 해봐야 한다고!

그러면 진짜로 뭔가를 했었다는 기억을 잊지 않을 것 같다고.

하지만!

너한테까지 그럴 필요는 없으니까!

이상한 일을 당했다는 소문을 들었는데! 내 강장제면 조금 나을지도!

고맙다.

딸기맛이라고! 마시면서 들어!

네가 더이상 앞으로 가지 않아도 되는 이유를.

116

여기가 세탁실이야!

이불이랑 수건이랑 팬티 빠는 곳!

근데 이거 더럽네. 그럼 어쩌지? 뭘 해야 하지?

...

아하! 더러운 이불은 세탁기에! 왜냐면! 여긴! 세탁실이니까!!

뚜껑을 열고~ 이불을 넣고~

...

넣고.. 넣고.. 음..

...

우와!! 세탁실에서 세탁기 쓰기!

되게 어려운데 하나도 안 까먹네!

너 진짜 믿음직하다! 멋져!

팬케이크 만들 수 있어?

웅웅! 맨날 먹었어!

오! 좋아!

시럽보다 꿀이 좋아.

그럼 꿀 뿌리자! 팬케이크 만들 수 있어?

방금 물어봤잖아.

헉!?! 까먹었다! 팬케이크는 만든 적 있다, 있다..!

꿀을 뿌릴 거다..!

내가 계란 가져올래! 밀가루랑, 우유랑~ 버터버터~

앗! 팬케이크 만들 거구나!

…

너네는 왜 까먹을 거면서 자꾸 기억하려고 해?

헉! 내가 까먹었어?! 안돼!

대장이 바다는 뭐든 까먹는 곳이라 그랬어.

까먹고 까먹어서 내가 누군지도 까먹었다 그랬어.

좋은 것만 하고 싫은 건 다 까먹는다 그랬어.

재료 다 가져왔어~!

오? 팬케이크 만들 거야?

그러면 좋은 것도 왜 좋은 건지 모를 거야. 싫은 것도 아픈 것도 모르고 좋다고만 할거야.

싫은 건 싫어. 잊을 수 있으면 잊고 싶어. 설탕이를 없앨 수 있다면 없애고 싶어.

그러면 행복했을텐데..

그렇구나. 그런 소원을 빌어서 바다에 왔겠다!

소원?

몰랐어?

요술쟁이 마론이 사람들의 소원을 가득 모아서 만든 게 요술바다래.

소원이 요술이고 요술쟁이가 소원쟁이인거야.

그래서 과자 주세요! 장난감 주세요! 빌면 이루어지는 거야.

119

이제 그런 소원은 별로야. 다른 소원 빌어. 숫자 기억하게 해주세요. 오늘 기억하게 해주세요.

내 이름 기억나게 해주세요.

와악!

!

손가락이 없으니까 너무 어려워~!

하하하! 웃기다!!

손목을 써야지.

알고 있어! 난 손목도 없다구!!

그리고 한컵만 떠서 기름 예쁘게 바른 팬에 약불로 졸졸졸 구워야해. 거품이 송송 올라오기 전까지 한번도 뒤집으면 안되고..

엄청 하고 싶었나보네.

당연하지! 요리 좋아하잖아!

요리 좋아하지..

완성!!

진짜 예쁘다!!

그럼! 얼마나 많이 구웠는데. 생각나지, 설탕아?

웅. 엄청 태웠는데.. 이젠 잘해.

이 팬케이크에는 태워먹은 125장의 팬케이크가 들어 있다고!

우와!

전부 기억해?

..태운 팬케이크 같은 걸까..?

아! 기분 좋다! 내 손으로 뭔가 해서 행복한 기분! 바다에 오기 전에도 이런 기분은 까먹은지 오래였는데!

웅.

맛있다.

진짜 팬케이크가
먹고싶어.

더이상 앞으로
가지마.

한번 변한 우리한테
선택은 두 개뿐이야.

여기서 이 모습으로
영원히 살거나..

해파리가
되거나.

아이가 바다를 나가면
다음부턴 어쩔 거냐?
바다를 나가는데 실패하면?
환상친구, 아니.
해파리가 된 아이랑
같이 돌아올거야?

바다에
빠진 사람 도와주다
더 빠져버리는 건
돕는 게 아냐!
그냥 같이
빠지는 거야!

..겁쟁이라고 생각 중이지.
따뜻한 집에서
듣기 좋은 소리만 하고
남의 등만 떠민다구..!

난 걱정쟁이야.
이곳을 걱정해. 아이들을 걱정해.
너를 걱정해..

네가 가는 길엔
앞이 없어.

겁쟁이는 나다.

언제나 겁먹고 도망치는 내가 징그러워
행복할 용기도 없는.
어항에서 갇혀 아무것도 하지 않고
아무 생각도 하지 않는 겁쟁이.

그래서 구하기로 했다.
그 애를 구하고
그 마음들을 잊고 싶었다.

하지만 누군가
필요한건 나였어.
지켜지는 것도 나였어.

모래길을 다시 걸으며
무언가를 하고 어떤 생각을
하는 건 나였어.

그 애가
이곳을 떠나지
못할지도 몰라.
그러더라도..

그 아이 옆에 있으면
내가 싫지 않아.

바보냐?!
감정만 있고
아무 계획도 없고!
그러다 죽어!

123

어, 우린 원래 다들 죽으려고
여기 오지 않았나?
까먹었나봐.

까먹..

너는 아이들을 걱정하고
나는 설탕이 옆에 있다.

누군가들을 지키는 게
우리 앞 아닌가?

용기사공주!

용기사공주!

팬케이크!!

팬케이크랑
폭신이 이불이예요.

많이 먹고 코자요.
그리고 바다 밖으로
같이 가요.

~~~

뭐하냐!

장난하냐!!
다들 바보구만!!

팬케이크는
다같이 먹어야지!

배의 무덤에 가려면
배가 단단해야하니까!

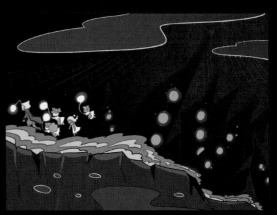

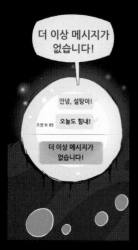

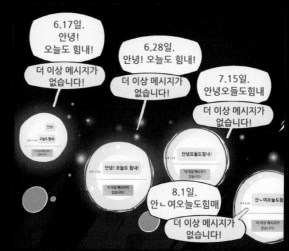

이 세상은..

앗.

야아!!

어라?!

이봐!!

아무도 없어..

아냐! 칵테일사랑 다음엔 일과 이분의 일을 불러야지!!

비밀의 화원 부르고 싶어.

...

연도가 안맞아!

어쨌든 어둠에는 신경 쓰지 않아 다행이군.

아무..

디룩

도록 ✓

!

?

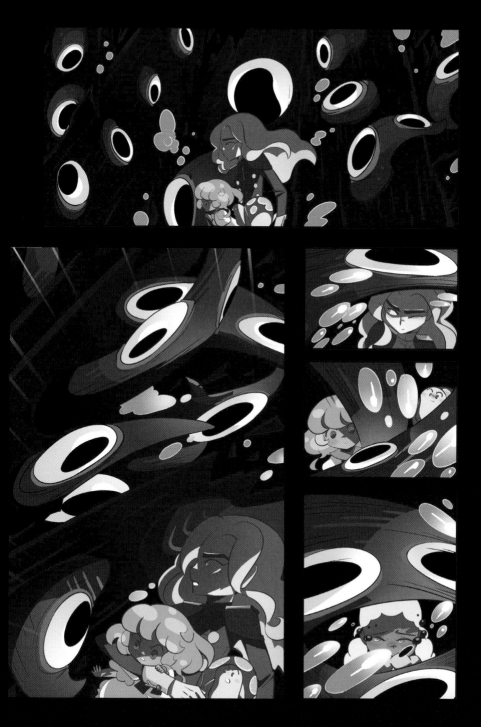

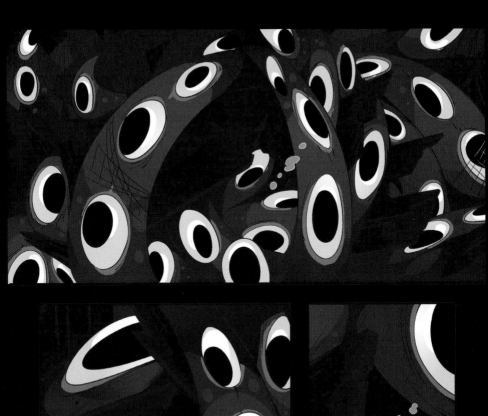

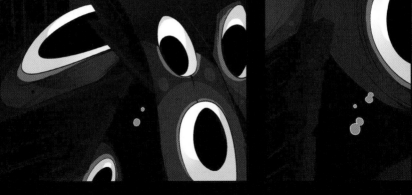

너는
환상친구였군.

딴 데로 가고
뒤도 돌아 가고
계속 가는거야!

여기는
싫은걸!

언제나 잘 해왔잖아!
나갈 수 있어!

틀린 길일지도.
어딜 가도 똑같은데.

딴데도 뒤도 전부
틀린 길이면 어떡해.

그리고..

우리가 언제나
잘 해왔다니, 그럼 왜
요술바다에 빠져있어?

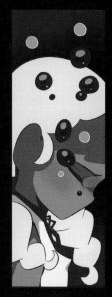

웅.
바다에 빠졌어.

내가 둘로
나누어져 버렸고
나갈 수 없을지도 몰라.
여기도 너무 싫어.

그러니까 계속 갈꺼야!
나가고 싶으니까!
나가려면 걸어야하니까!

행복 할 수 있으니까!

예삐가
잘 갔을까,
설탕아?

요술바다는 소원으로 만들어졌으니까 예삐의 소원도 이루어졌을 거야.

우웅, 하지만 진짜 세계로 갈 수는 없을 것 아냐!

요술쟁이라는 마론은 왜 우리를 바다에 가둬서 진짜 세상에 못 가게 하는 거지? 뭐하려고?

정말 못됐네! 만나면 꼭 때려 줄거야!

맞아.

눈알이 코로 나올 때까지 책 모서리로 때리고 심장이 쪼그라 들 때까지 토스터기로 구워 버리자.

어..음.. 그래!

안타깝게도 그럴 순 없다. 마론에겐 생명이 없으니.

바다에 오랫동안 갇힌 이들, 나같은 이들 중 마론과 마주한 자들도 있었다.

147

그에게 구원을 얻으려는 자도 있었고 그를 죽이려는 자도 있었어.

하지만 아무것도 할 수 없었다.

인간의 껍데기를 입고 목소리를 노래하지만 영원히 같은 표정과 똑같은 단어를 말하는 존재.

너무나 공허하고 흐릿한 그를 보면 누구나 알게 된다.

생명이 없는 가짜라는 것을.

기분 나빠.

인형 같은 괴물이 이런 가짜세상을 만들고 나가지도 못하게 한다니.

소원으로 만들어졌고 가짜 요술쟁이가 임금님인 이상한 바다, 요술 바다.

하지만 마지막 장벽만 지나가면 끝이잖니.

'짙은 미로'!

바다의 모든 요술이 몽땅 들어간 곳이면 어쩌지..

생각해봤는데 말야. 요술이랑 소원, 여기서는 똑같은 말이야. 마음이 뭉친 거.

그렇다면 짙은 미로에도 마음이 뭉쳐있겠구나.

마음은 마음으로만 깰 수 있는 것. 설탕의 마음은 뭐지?

설탕이 마음?

맘맘.. 야..

웅..

너야, 육지거북아.

뭐어?! 상상도 못한!! 내가 어떻게?!?!

우리 둘이 반쪽이라면서. 설탕이는 아무래도 마음이란 게 별로 없는 거 같으니까 육지거북이 내 마음이야.

웅, 그런가아?

149

길잡이는 요술바다 때문에 네 마음이 변한 모습. 절대 놓치지..

아무도 안 놓칠건데. 우리 셋이 다 같이 왔으니까 해피엔딩도 셋이 같이에요, 용기사공주님.

헤헤, 반쪽이 진짜 반쪽! 노래 같아!

둘이~ 되어 버린 날 잊은 것 같은 너의 모습에! 하나일 때 보다 난 외롭고 허전해~!

네가 가져간 나의 반쪽 때문인가! 그래서~ 넌~

둘이 될 수 있었던 거야아~

..우리는 이미 짙은 미로에 와있나봐요.

무섭나?

150

나도.

손 잡아줄래?

또 한번..?
누구야?

나는..
너 같은 거 본 적..

...

설탕이가 설탕이를
왜 본 적 없어?

세수하고 이빨 닦으면
한번씩 꼭 보잖아.

와아,
육지거북.

또 만났네?
오랜만이야.

아는 척 말 걸지마!

가짜 설탕이!
저리가!

가짜 아니야.
난 진짜야.

내가 누구인지
알고 있는 나.

155

가자, 육지거북.
어차피 바다를 못 나가게
하려고 수 쓰는거야.

웅, 그치.
거북이랑 씩씩하게
미로 탈출하는 거야.

용기있게,
꿋꿋하게.

그렇게 몇번이고
요술바다를 탈출했으니까,
설탕이는.

뭐, 뭐라는
거야?!

가자!

요술바다에 설탕이가
온 건 처음이 아냐.

한번, 두번, 세번.
언제나 나갔지만..

언제나 다시
돌아왔잖아?

아픈만큼 단단해지고,
눈물만큼 행복해진다!

어떻게 그런 말을
믿지?

아무것도 달라지는 게
없었어.

이번에도 아무것도
달라지지 않을 거야.

정말 이성적이고
쉬운 산수!

친구가 없는 사람 더하기
바뀌지 않는 지금 더하기

아무것도
없는 미래는?

정답!

없어지는 거!

친구도 없고 사랑도 없고
미래도 없이 사는 실패쟁이.

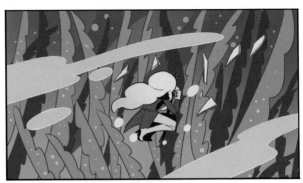

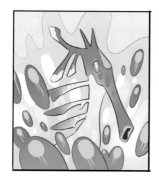

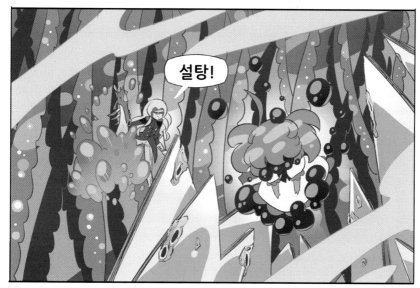

안돼, 제발.
포기만은, 너를
잃는 것만은 안돼!

!

거울들..

거울들이 어떤 모습을
보여줘도 전부 옛일이야.
너는 나아질 수 있다. 할 수 있어!

맞아요. 나는
강한 사람이니까.

세상이 무서웠지만
앞으로 갔어요.
사람도 무서웠지만
앞으로 갔어요!

모든 시련을
견뎠어요!

하지만 언제나
나를 없애버리고 싶어하는
내 모습은 너무나
혐오스러웠어.

하루하루 매일매일
변하지도 않고 꾸준히
영원한 나.

그런 나 따위를 위해
일어날 힘은 없어.

그만 할래요..

!!

아냐, 아냐.. 넌 이제
그런 아이가 아냐!

..설령 그렇다 해도
너는 내게 너무
큰 아이었다.

들어줘, 설탕아.

안돼!!

너희처럼
되지 않아.

미안해요. 죄송해요.
다신 안 그럴게요.
하지마세요..

가지마.

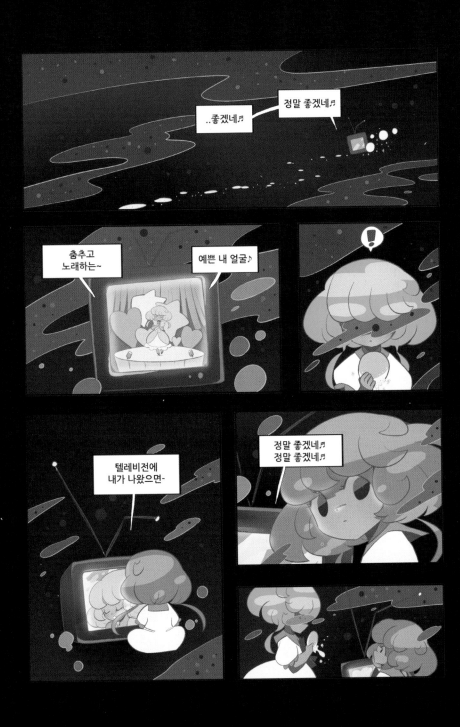

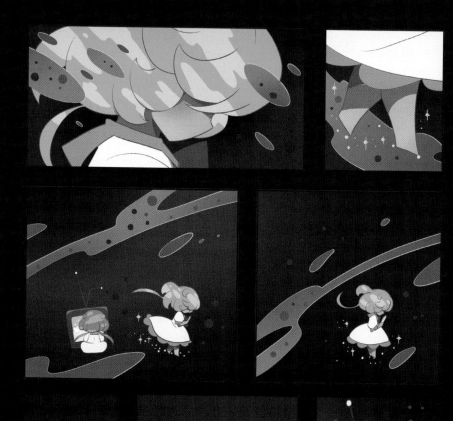

친구들이 없어져
버려서 미안해.

매일매일을
물거품으로
만들어 버려서 미안해.

의미가 없어져
버려서 미안해.

텔레비젼이
되어 버려서
미안해.

심술쟁이 요술쟁이♪
내 친구 마론♬
요술바다 공주님♪

자라지 않는
아이들의 놀이터♪

사람은 요술을 꿈꾸고
요술은 사람을 지배해♪

안녕, 설탕이!

요술바다에
온 걸 환영해!

황금 모래들.
바다에서 내가 걷던 길들.

어디서 왔을까 했는데
전부 네가 가지고 있었구나.

모든 길, 의지.

마음이었던
황금 모래를..

...

마음을 빼앗아
요술을 부리고 있었어.

못됐다고 생각해?
요술바다에 요술이 없으면
그냥 바다잖아!

어차피 너희가
버린 거야!
아깝니?

그렇게 버린 마음들로
내가 있는거야!
너희를 행복하게 해준
요술바다가 있는 거라고!

왜?

왜?

왜라니.

왜냐고?

...

친구랑 했던 마지막 이야기가 그거였거든.

이곳에서는 요술과 마음이 같아. 그런데 너는 마음들을 잔뜩 모으고 있었어.

우리의 마음으로 네가 있다고 했어. 요술바다가.

마론, 너는 요술바다구나.

끝에 서있는 우리들의 눈물과 마음이 모여 만들어진 요술바다 마론.

진짜 세상가 너무 싫고 자기자신이 너무 싫어 만들어낸 세상.

우리를 가둔 건 우리였어.

항상 네가 악당이라고 생각했어. 그래서 만나면 뼈가 튀어나올 때까지 때려 주려고 했는데..

정말로.

그래!
넌 여기까지 오면
날 욕하더라?
바로 그 자리에서 항상!

어떻게 그럴 수 있지?
못된 심술쟁이 요술쟁이!
훔친 마음으로
행복을 지어내서 사람을
지배하는 악마!

그동안
싫은 것도 슬픈 것도
다 잊어버리고
잘 놀았으면서, 흥!

나 있잖아.
친구들이 없어져버려서
너무너무 슬퍼.

나도 같이 없어져
버리고 싶어.

그런데 그 마음만
아니었어도..

네가 그렇게 못됐다고
생각 안할거야.

요술바다는
모든 사람들에게
행복을 줬어.

진짜 세상에 누구도
해주지 못한 일.

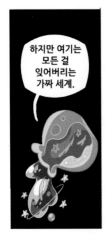

하지만 여기는 모든 걸 잊어버리는 가짜 세계.

내가 누군지 기억난 것만으로도 어떤 사람들은 더이상 행복 할 수 없었어.

무언가를 하려 노력해도 끝에는 결국 녹아 버렸던 사람들도..

마론이 노력해줬는데도 요술바다에서 행복하지 못하겠어.

그만 나갈께.

정말! 행복한 거 까지 싫다는 사람들을 내가 어떻게 하니?!

현실도 싫고, 행복도 싫어! 어떤 감정도 생각도 싫어! 그럼 잠든 영혼, 해파리로 흘러가며 지내는 거야!

영원히!

친구가 없어졌다고?! 그건 네 입장이고! 그 사람들은 나한테 고마워 할껄?

자기들을 존중해줬으니까!

189

끝에 섰던 사람들이
간절하게 가졌던 마음.

그게 모이고 모인 게
요술바다 마론.
나도 그 마음이 너무 간절해.

그게 내 요술이 되어
나갈 수 있을 거야.

그만두지 않아.

이익..

도망 밖에 모르는 바보!
자기들이 만든 세상에서까지
도망치는 바보!

진짜 세상이 얼마나 끔찍한지
자기가 얼마나 약한지
하나도 기억 못하는 바보!!

지금이 싫어

이런게옷은게옷은
무서워 무서워무서
무서워 무서워무

여기가 싫어

내가 싫어

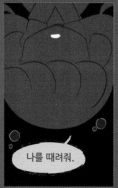

나를 때려줘.

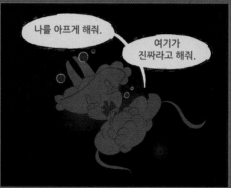

나를 아프게 해줘.

여기가 진짜라고 해줘.

요술세계는, 환상은 의미가 없다고 해줘. 뒤에는 아무것도 없다고 해줘.

그렇지 않으면 여기를, 지금을, 나를 끝내고 싶은 마음을 멈출 수 없단 말야.

돌아와줘서
고마워.

내가 아닌 누군가.
지금이 아닌 언젠가.
여기가 아닌 어딘가.

여기가 싫어.
지금이 싫어.
내가 싫어.

노랗게 빛나는 모랫길.
그곳으로 걸어가자.

초판 1쇄 발행 2021. 8. 16.

지은이 MIMI
펴낸이 김병호
일러스트&디자인 MIMI

펴낸곳 주식회사 바른북스
등록 2019년 4월 3일 제2019-000040호
주소 서울시 성동구 연무장5길 9-16, 301호 (성수동2가, 블루스톤 타워)
대표전화 070-7857-9719 **경영지원** 02-3409-9719 **팩스** 070-7610-9820
이메일 barunbooks21@naver.com **원고투고** barunbooks21@naver.com
홈페이지 www.barunbooks.com **공식 블로그** blog.naver.com/barunbooks7
공식 포스트 post.naver.com/barunbooks7 **페이스북** facebook.com/barunbooks7